冰箱裡的企鵝

作者／竹下文子　繪者／鈴木守　譯者／林文茜

冰箱裡的

企鵝

星期天的早上。媽媽拿起夾在報紙裡的廣告單，邊看邊說：「車站前面的『向日葵電器行』正在舉行大特賣。你看，冰箱也有打折耶！」

「嗯。」

爸爸一邊喝茶，一邊看著報紙的體育版。

「喂，老公，真便宜耶，半價喔。」

「嗯。」

媽媽朝爸爸那邊看了一眼。

我知道媽媽在想什麼，那就是——她想買一

臺新冰箱。

我家的冰箱在我出生前就有了，媽媽總是說：「這臺冰箱年紀比小拓還大呢！」

她的意思是：冰箱已經很舊了。

這臺冰箱常常會發出「喀答喀答、噗噗」的怪聲。媽媽也常常抱怨裡面空間太小，不夠用。

不久前，我還興匆匆的拜託媽媽：

「今年的生日你不用買蛋糕給我，我想要一

顆大西瓜。」

可是媽媽說：

「冰箱放不下啊，不——行。」

一口就回絕了我的要求。

還有一次，冰箱在半夜突然故障，所有冷凍的食品全都壞掉。

「廣告單上說特賣會只到十八號，啊！就是今天耶！」

媽媽看起來好像在自言自語，不過我們都聽

得很清楚。

「好吧！」爸爸猛的把報紙收起來，我和媽媽都轉頭去看他。

「就趁這個機會，買一臺新的吧。」

「真的？可以嗎？」媽媽的臉上一下子綻放出笑容。

「太好了！」我也高興得直拍手。

如果換一臺大冰箱，就可以擺很多果汁、冰淇淋。當然，也可以放得進大西瓜。耶！

「向日葵電器行」是一間三層樓的大型電器行。因為舉辦特賣的關係，所以人潮洶湧。

「冰箱在二樓。」

店員這麼告訴我們，我們便搭電扶梯上去。

冷氣機·電冰箱
電腦·錄放影機
全平面電視機
2F

向日葵電器行
大拍賣
大拍賣

有了，看到了。大大小小、各種顏色的冰箱排成一列。

「這臺好像大了點。嗯，這臺太高了。

咦，那一臺怎麼樣呢？」

媽媽興致勃勃的走來走去。

「老婆，你慢慢看吧。」

爸爸把決定權交給媽媽，自己慢慢晃到陳列電視機的地方。

我也覺得有點無聊，就跟過去，看看電視機

；逛逛電話區，胡亂的按著各種電話機上的按鍵；蹓蹓電風扇和洗衣機的展示區，還伸手去摸摸微波爐旁的蛋糕，看看是不是真的……我繞了賣場一大圈，再回到冰箱區，才發現媽媽還在考慮。

「喂，小拓，你覺得哪一臺比較好？」

「你問我，我怎麼知道？我覺得都不錯啊！」

「你說得對。不過，種類那麼多，實在很難做決定。」

看來媽媽還要花上一段時間。真拿她沒辦法！做個決定有這麼難嗎？

我走到最大那臺冰箱前面，用力打開冰箱的門。

哇！裡面有各式各樣的東西：蔬菜、水果，還有啤酒、果汁。

再仔細一看，原來那些都是塑膠模型；牛奶和冰淇淋也只是空盒子，很像玩具。

我把冰箱門一個一個打開來看。有的裡面空

特價
18000
9000
元
特選商品

空的，有的裡面擺了一份說明書，也有的裡面放了漂亮的冰塊；不過我伸手去摸，才知道那些是一點也不冰的塑膠冰塊。

我一臺接一臺打開來看，最後走到賣場的角落。

有臺冰箱孤零零的立在梁柱背後，它的外觀和普通的白色冰箱沒兩樣，比較特別的是，它的門上有一個很漂亮的金色圓形標籤。標籤上的圖案是一隻企鵝。

嘿喲！

我用力拉門，沒想到門竟然輕輕的開了，害我差點兒往後摔。

奇怪！好像有一陣涼風從裡面吹出來。

這臺冰箱是不是插著電啊？我往裡面看了又看，暗暗、空空的，當然也不冷嘍。

「媽，你過來一下，這裡有一臺很好玩的冰箱喔！有企鵝標籤呢！」

媽媽應聲走過來看。

「咦？有這樣的冰箱！我怎麼沒注意到？」

媽媽才不管有沒有企鵝標籤，她量了量冰箱的大小，看看裡面，又看看價格。

「這臺還不錯。而且，剛好可以放進我們家的廚房。這種尺寸不太多喔！」

這時候，不知道從哪裡冒出一位穿著黑衣的店員，靜靜的走過來，微笑的對我們說：

「還可以嗎？這一臺是新款式，廠商正在大

力促銷，現在買最划算。只剩這一臺了。」

媽媽好像對這臺冰箱非常滿意的樣子。

爸爸也走了過來，他只看一下下就說：

「嗯，看起來好像還不錯。」

畢竟媽媽使用冰箱的時間最多，只要她滿意就沒問題了。

「謝謝您的惠顧！我們會立刻把冰箱送到府上。」店員笑咪咪的向我們行禮。

Beer
Milk
Yogurt

就這樣，有企鵝標籤的冰箱來到了我們家。新冰箱擺在廚房裡，看起來潔白光亮，金色的企鵝標籤也亮晶晶的。

「冰箱大，果然好，可以放很多東西。冰塊也可以一次做很多。買這臺冰箱，真好！」媽媽似乎很滿意。

爸爸也因為能夠一次冰很多啤酒，心情格外好。

我也是，只要冰箱裡有西瓜或冰淇淋，就不

會亂發牢騷。

但是，第二天卻發生一件奇怪的事。

傍晚，媽媽在廚房叫我。

「小拓，你有沒有看到我的石斑？」

「石板？什麼石板？」

「不是石板，我是說石斑魚，我剛剛才從小松超市買回來的。現在要蒸魚，怎麼就是找不到。奇怪，我明明放在這裡啊……」

媽媽蹲在冰箱前面找了又找。

「我不知道魚在哪裡。」

「是啊，我想你也不可能把生的魚拿走。」

媽媽歪著頭思索著。

「真奇怪，怎麼會不見呢？難道是我忘了帶回來？」

搞了半天，石斑魚還是沒找到，那天晚餐只好吃蒸蛋了。

不過，這還不是最糟的。

又過了一天。

「林小拓，你過來。」

媽媽又在叫我了。

我有個不好的預感。媽媽不叫我小拓，而叫我林小拓的時候，通常就是有什麼麻煩事要發生了。

我緊張兮兮的走進廚房，看到媽媽站在冰箱前，樣子有點兒可怕。

「冰淇淋是你吃掉的吧？」

「咦？你說什麼？」

「你不要給我裝糊塗。這是什麼？」

媽媽把冰淇淋盒子拿到我眼前。我一看，裡面只剩下一點點。

「你一口氣把冰淇淋吃光，也不怕吃壞肚子！」

「不是我，我一口也沒吃呀！真的！」

雖然我努力辯解，媽媽還是說：

「不是你，還會是誰？」

媽媽完全不相信我。

「我暫時不會再買冰淇淋了，這是給你的懲罰。」

「什麼？」

我好想哭喔。

我是很喜歡吃冰淇淋沒錯，可是我真的不記得我偷吃過啊！

到底是誰做的好事？

爸爸嗎？不會吧，我看爸爸就只喜歡喝冰啤

酒，他好像不太吃甜的東西。

難道是我們不在家的時候，有小偷闖進來？小偷只打開冰箱吃了冰淇淋？不可能吧！

我直盯著冰箱門看，門上的企鵝標籤亮晶晶的。

這時，冰箱裡發出小小的「空隆空隆」聲。

嗯，這臺冰箱是有點怪。

我打開冰箱門，上層擺著豬肉、火腿、起

司、奶油，還有果醬、海苔醬、半顆檸檬、吃剩的沙拉和醬菜；下層擺了滿滿的蔬菜；門邊則有雞蛋、美乃滋、牛奶、麥茶和啤酒。每種東西都好好的、乖乖的在裡面，看起來沒什麼特別的。

我把冰箱門啪的一聲關上。這時，冰箱裡又傳來小小的聲音——「空隆空隆」。

那天晚上，我因為口渴，而從睡夢中醒了過來。

大概是今天晚餐時，多吃了一碗辣咖哩飯的關係吧。

我躺在床上忍耐了一會兒，還是很想喝水，於是輕輕的爬下床。

跟平常一樣，廚房裡只點了一盞小燈。我倒了一杯水，咕嚕咕嚕的喝著，慢慢的舒了一口氣。就在我要回房間的時候，發生了一件事。

不知道從哪裡傳來怪怪的聲音。

「咕呷咕呷……啪唧啪唧……」

我看了看廚房四周。在這寧靜的深夜，一個人也沒有呀。我光著的腳丫子，感覺腳底冰冰涼涼的。

「咕呷咕呷……啪唧啪唧……」

是冰箱！聲音從冰箱裡傳出來。

好，我要查出真正闖禍的傢伙。

我躡手躡腳的走近冰箱，心臟怦怦怦的跳個

不停。我伸手放在門上。

「嘿——」

我用力打開門。就在這時候——

「哎呀！」

先聽到一個小小的叫聲，接著就有個東西隨著冷空氣從門縫滾了出來。

「哇，鬼啊！」

我嚇得往後退，跌坐在地上。

「什麼鬼不鬼的，沒禮貌！」

那傢伙用很奇怪的聲音說：「我可是高貴的企鵝呢！怎麼會像鬼！」

「咦？什麼？企鵝？」

我坐在地板上，忍不住揉了揉眼睛。

這不是作夢，眼前的確站著一隻胖胖的小企鵝。牠的肚子白白的，頭部和背部、尾巴是黑黑的，平平的腳丫子則是黃色的。牠的一隻手，不，應該說是翅膀，還拿著一根咬了兩口的小黃瓜。

「真是的，開門前應該要先敲門啊，這麼不懂禮貌！哎唷，好痛啊！」企鵝一邊瞪著我發牢騷，一邊摸著肚子。

「為……為……為什麼我們家的冰箱裡會有企鵝呢？」

「什麼話！這是我家啊！上面有門牌耶。」企鵝揮了揮翅膀，指著門上的企鵝標籤。然後，又大刺刺的咬了一口小黃瓜。啪唧啪唧。

「啊，這麼說來，魚和冰淇淋也是你吃的嘍？」

「沒錯。」

企鵝爽快的點點頭。啪唧啪唧，啪唧啪唧。

「企鵝也會吃冰淇淋和小黃瓜這種東西嗎？」

「普通的企鵝不會吃，只有我們這種冰箱企鵝才會吃。」

企鵝打開冰箱門，探頭進去翻翻找找的，一會兒就拿出一塊起司。

「魚當然比較好吃啦！不過，冰箱裡不可能時時都有魚，太挑食是不行的。」

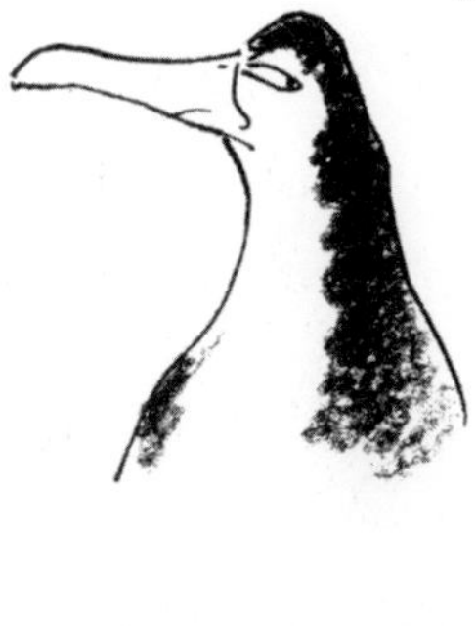

企鵝咬了一口起司，一副很好吃的模樣。咕呷咕呷。

「等一下，你這樣我會很麻煩耶！」

我一把搶下起司。

「你會害我又被懷疑偷吃起司了。今天我才挨罵，媽媽還說不買冰淇淋給我吃了。你要怎麼補償我？」

「哎呀呀呀！」

企鵝眨了眨黑溜溜的眼睛。

「被發現了？唉！都是因為這臺冰箱在『向日葵電器行』裡一直沒賣出去，才害我肚子快餓扁了。本來我只打算吃一口的，實在餓得受不了，才忍不住多吃了點。啊，這個世間真是殘酷啊！」

看企鵝很懊惱的樣子，我開始可憐起牠來。

「好吧，你可以吃。不過要一點一點的吃，才不會被人發現喔。我會幫你保守祕密的。」

「真的？你會幫我保守祕密？說話算話？」

「嗯，說話算話。」

「那麼，能不能順便麻煩你，盡量幫我在冰箱裡放條魚好嗎？」

「嗯，好。」

企鵝的頭一下歪到右邊，一下歪到左邊，像在想什麼似的看著我。然後，牠突然舉起一邊的翅膀。

「做什麼？」

「握手。」

聽牠這麼說，我也把手伸出去，握住企鵝光滑的黑色翅膀。

「你看，現在我們是朋友了。」

企鵝開心的說完，打了個哈欠，又啪啪啪的揮動短短的翅膀。

「那麼，今天就聊到這兒，再見嘍，晚安！哎呀呀呀，外面可真熱啊！」

企鵝轉個身，打開冰箱門，然後從門縫鑽了

進去。

「啊，企鵝，等一下……」

我抓住快要關上的門，想看看裡面是什麼模樣。

但是，冰箱門打開後，我只看到一排排的食物，根本沒有那隻胖企鵝的身影。

「喂……企鵝，你在哪裡？」

我把手伸進架子裡，想找找看，突然頭上出現了刺眼的亮光。

「小拓，你在幹什麼？」

我回頭，只見穿著睡衣的媽媽一臉驚訝的表情，她的後面是看起來很睏的爸爸。

「你在做什麼？三更半夜，跑來開冰箱。」

糟糕，慘了！怎麼辦呢？我好慌張……

「嗯，這個，是……」

「怎麼了？你肚子餓了嗎？」爸爸問我，臉上的表情怪怪的。

我這才注意到，自己手上還拿著企鵝咬過的

起司。

「嗯，對啊，我肚子餓得醒了過來……」

「可是，你晚餐不是吃很多嗎？」媽媽吃驚的問。

「哎，男孩子很容易肚子餓的，對吧？這是常有的事啊。」爸爸微笑著幫我解圍。

「起司吃完後，馬上去睡覺喔。別忘了刷牙。」

「好，晚安。」

我急急忙忙的走出廚房。

就這樣，我和企鵝開始有往來。雖然說是往來，也不是隨時都能遇到。只有牠心情很好，我又一個人在家的時候，牠才會偷偷的從冰箱裡出來。

「你都藏在哪裡呀？你是怎麼藏的呢？」

我這麼問牠，牠卻只說：「這是祕密。」牠不只不願意告訴我，還發著牢騷：「哎呀，外面可真熱！」

說著，牠把一塊冰塊放在頭上，又抓起西瓜咬了一口。

根據企鵝一點一滴的敘述，我慢慢知道冰箱企鵝是一種住在冰箱裡的特殊種類企鵝。牠們為了不被人們發現，總是偷偷摸摸的生活著。所以，牠和我做朋友，是一件非常非常特

別的事。

「你可能不知道，冰箱會冷，完全是我們這些冰箱企鵝的功勞喔！」企鵝很神氣的挺起胸膛說。

「咦？冰箱不是利用電力變冷的嗎？」

「嘿，我問你，為什麼利用電力會變冷呢？電磁爐不是熱烘烘的嗎？難道電是冷的嗎？你倒是說說看。」

「嗯，這個嘛……」

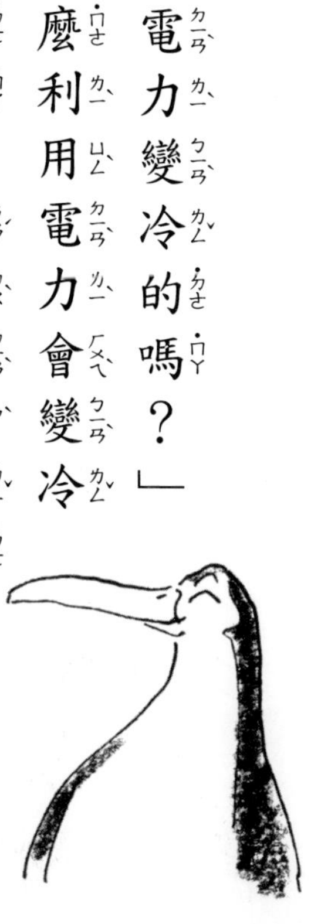

「你看，你看，答不出來了吧。你根本就不知道嘛！」

企鵝笑起來「啾啾啾」響，很像用手搓冰塊的聲音。

牠說：「用電力來製造冷空氣的冰箱，是廉價冰箱。高級的冰箱裡面藏著一部製造冷空氣的機器。讓那部機器運轉的，就是我們這些冰箱企鵝！如果沒有冰箱企鵝，人類就沒辦法吃到冰塊和冰淇淋了。」

是這樣子嗎？我一點也不知道。冰箱的說明書上又沒提到。

「不過，冰箱裡的生活也很辛苦喔。」企鵝嘆了一口氣。

「這項讓機器運轉的工作，非常累人！一天也不能休息！而且，我們都是吃廚房裡的食物，萬一被發現，是會惹人厭的。」

「就像看到蟑螂一樣嗎？」

我一不小心脫口而出，把企鵝氣得毛都豎起

來了。牠一聲不吭，就啪的用力把門關上。在那之後整整三天，不管我怎麼叫，牠都不肯出來。

的確，企鵝為了不讓媽媽起疑心，會特別注意不要吃太多；就算這樣，有時候，我還是會聽到媽媽在廚房裡自言自語：

「奇怪，我以為還有三塊魚板，怎麼只剩一塊呢？」

或者：

「咦？美乃滋已經用完了嗎？」

我眼睜睜的看著冰淇淋和果汁一點一滴的減少，也只好忍耐著，因為我跟企鵝有約定，要幫牠保守祕密。

傷腦筋的是，企鵝很想吃魚，我還得拜託媽媽買魚。

「小拓，最近你突然變得喜歡吃魚了喲。真難得！吃魚對身體健康很有幫助，想吃就盡量吃。」

我必須假裝津津有味的吃生魚片、烤魚、煎魚、炸魚、紅燒魚……實在很受不了，因為其實我比較喜歡吃炸豬排、漢堡或奶油焗飯。

夏天過後，秋天來了。媽媽沒煮冰麥茶，爸爸也不再喝很多啤酒。我一打開冰箱，就會覺得很冷。

「冬天什麼時候才會來呀？」

有一天，企鵝從冰箱裡走出來，一邊抓著魚卷和生菜沙拉，一邊這麼說。

「你怎麼這樣問？我很討厭冬天呢。」

「嗄，真的嗎？對我們企鵝來說，冬天是最好的季節。因為再過不久，就要舉行冰箱慶祝大會。」

「什麼是冰箱慶祝大會？」

「就是冰箱企鵝一年一度的盛大活動。我們

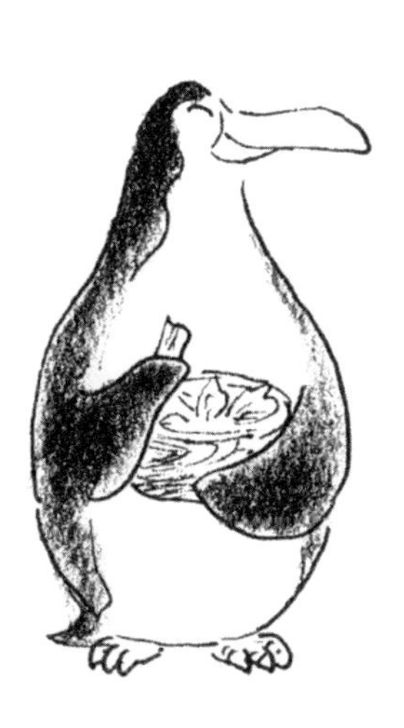

平時都各自在不同家庭的冰箱裡生活，只有冰箱慶祝大會那天才會聚在一起，和朋友見面、聊天、吃大餐，很有意思呢！」

「慶祝大會是哪一天？在哪裡舉行呢？」

「就快到了。對不起，我只能說到這裡，其他的是祕密，不能告訴你。」

「這是私人問題，對吧？」

「沒錯。」

企鵝若無其事的點點頭。這傢伙似乎比以前

更胖了，繼續胖下去，說不定會卡在冰箱架子上，爬不出來呢。

雖然我這麼想，不過我沒說，怕萬一又惹牠生氣就麻煩了。

聖誕節前夕，我感冒了，喉嚨很痛，咳嗽，還發燒。

「嗯，多休息，很快就會好起來的！」醫生邊說邊開了藥給我。吃完藥以後，我睡了一整天，飯不想吃，電視也不想看。媽媽幫我冰敷額頭，又削蘋果給我吃。

那天深夜，我因為口渴，醒了過來。

家裡靜悄悄的，爸爸媽媽都睡著了。

我忍了一會兒，實在很想喝水，於是就爬起來。

一下床，才發覺我的雙腿虛弱無力，走起路來搖搖晃晃的。我到廚房拿杯子裝了水，一口氣喝下去。

對了，記得以前也發生過這樣的事。那天深夜我就是到廚房喝水，聽到冰箱發出「空隆空隆」的聲音，才認識企鵝的。

我朝冰箱看了看。

「空隆空隆」。

沒錯，就是這個聲音。

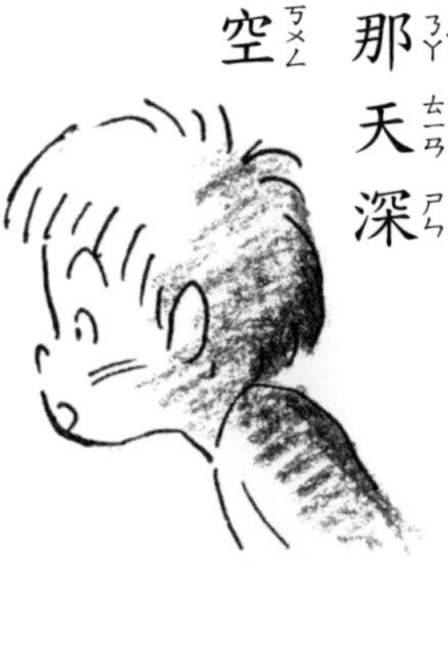

我靠近冰箱。

只見冰箱四周發出朦朦朧朧、奇怪的亮光，好像是從門縫裡出來的。一定是門沒關好。

我打開門。

就在這個時候——

白色的亮光像滾滾洪水，從冰箱裡溢出來。

我嚇了一跳，也因為光線太刺眼，我不禁閉上眼睛。過了一會兒，我小心翼翼的試著再睜開眼睛。

冰箱裡什麼也沒有。

雞蛋、牛奶、起司、小黃瓜，全都不見了。不只這樣，原本一排排的架子，甚至內壁也不見了。在空蕩蕩的四方形空間裡，白茫茫的冷空氣慢慢的捲起漩渦，雖然看不清楚裡面，卻覺得它彷彿延伸到很遠的地方。

「喂——」

我把頭伸進去，小小聲的呼喚著，聲音竟然像在洞穴裡那樣的發出回響。

「喂——企鵝！」

我把右手慢慢伸進白光裡，接著是左手，然後……

「啊！」

我大叫一聲。一陣強風突然颳了起來，剎那間，我整個人被吸進冰箱裡。

「真是的！進來前也不先敲敲門。你很沒禮貌耶。」

聲音從頭上傳來。

我睜大眼睛，只見企鵝正用黑黑亮亮的雙眼盯著我。

「哇，這裡是哪裡？」

我慌慌張張的跳起來。

我覺得好冷，這時，才發現自己原來站在冰塊上。

「你自己進來的，還好意思問這裡是哪裡！」

「那麼，這裡是……冰箱裡？」

「沒錯。」

我看了看四周。不管哪個方向，都是白茫茫一片，而且非常的冷。穿著睡衣、光著腳丫子的我，不禁渾身發抖。

「哎呀，你怎麼了？」企鵝納悶的問我。

「好……好……好……好冷！」

「真是的，所以我說人類真是麻煩的動物

。」

企鵝一邊嘀咕，一邊慢慢的拖來一件像是大衣的東西。

「喏，穿上這個。」

「這是什麼？」

「企鵝服。」

我實在冷得受不了，就趕緊穿上。那是一件結合褲子、外套和帽子的連身衣，肚子的地方是白色的，背部和袖子則是黑色的。穿起來很舒服、很暖和。整件穿上後，再拉好前面的拉

鍊，就像是一隻企鵝玩偶。

「再穿上這個。」

企鵝又給我一雙拖鞋般的黃色鞋子。雖然造型很怪異，不過穿上它，我完全不覺得冷了。

不知道從哪裡發出「咻——咻——空隆空隆」的聲音。我循著聲音轉頭一看，才注意到白白的牆壁上有一扇門微微開著。

「那是什麼聲音？」

「噢，那個啊……」

企鵝立刻把門打開來。

裡面有個像是工廠的房間，天花板特別高。房間的正中央放著一部看起來很重的機器。機器上有著大大的、彎彎曲曲的金色管子，而且排滿了馬達和開關，綠燈閃爍個不停。有時候管子上方，會「咻——咻——」的噴出白霧般的東西。

「這就是製造冰箱冷空氣的機器。很棒吧！」企鵝得意洋洋的說。

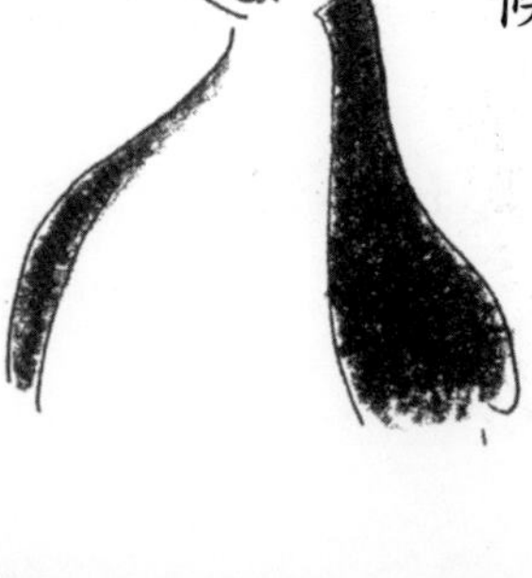

PINK FLOYD

我仔細看了看，覺得那部機器似乎很老舊，看不出有企鵝說的那樣棒。不過，我不想讓牠生氣，所以敷衍的點點頭。

「只有優秀的冰箱企鵝才能夠讓這部機器動起來喔！」

說著，企鵝用熟練的動作，喀嚓喀嚓的旋轉那部機器的開關。

「這樣就行了。我把它調成自動運轉，所以在我們回來之前都沒有問題。好，我們走吧！

不快點的話會遲到的。」

「要去哪裡？」

「當然是冰箱慶祝大會。」

企鵝啪答啪答的往前走。我也穿著黃色的企鵝鞋，啪答啪答的跟在後面。

我們在一條平坦的白色冰路上，走了很長很長一段。

好不容易，終於看到遠方有一棟巨大的白色建築物。

走近時才發現那是一座用雪和冰塊建造的城堡。幾根尖尖的高塔聳立著，冰柱閃閃發亮。窗戶不是玻璃做的，而是四四方方的冰塊。

在最高的那座塔頂端，飄揚著一面金色的旗子。旗子的中央有一個企鵝標誌，跟我們家冰箱上的標誌一樣。

「那就是冰箱企鵝的城堡！」企鵝回過頭，得意的看著我說：「冰箱慶祝大會就在那裡舉行。」

我們穿過城堡大門，看到一個很大的庭院。院子裡有一個圓形的噴水池，池水都結了冰。在這裡可以聽到歡樂的音樂聲。

「啊，好像已經開始了，快點，快點。」

進了玄關，就是一條長長的、光滑的走廊。企鵝用溜冰的姿勢在走廊上溜著，我也學著牠溜著走。

走廊盡頭有一扇白色的大門，樣子很像冰箱門，門上也貼有金色的企鵝標誌。

我們使勁的打開門。

「歡迎參加冰箱慶祝大會！」

隨著嘹亮的說話聲，四下響起「啪嘰啪嘰」的掌聲。

這是一間很大的房子，地上鋪著紅地毯，天花板上掛滿漂亮的燈，裝飾得像聖誕節一樣。房間的正中央有一張很大的桌子，擺著各種美食。

正前方有個舞臺，幾隻拿著小提琴或

長笛的企鵝，坐在金色的椅子上演奏。

房間裡到處都是企鵝，牠們大聲的聊天或享受美食，看起來都很開心。

有時候，牠們會發出「啾啾啾、啾啾啾」像搓冰塊的笑聲。有些企鵝喝著像酒的飲料，配合著音樂翩翩起舞。

「我們也來吃吧！借過。」

我家的企鵝拉著我，用手撥開其他企鵝，直往桌邊擠。

桌上的水果堆得像座山，有十種口味的冰淇淋，刨冰也有十種。另外還有各色各樣數都數不清的果凍。全都冰冰涼涼的，很好吃。

我才吃了一下下，竟然就和我家的企鵝失散了。找來找去，每隻企鵝長得都很像，根本分不出誰是誰。

「咦？我沒看過你，你是第一次來嗎？」

旁邊的企鵝過來和我打招呼，好像把我當成冰箱企鵝的一分子。牠的盤子裡裝滿魚。

「你住哪裡的冰箱？我住的那兒很糟糕，我家主人是個獨居的男人，冰箱裡從來沒放過好吃的東西。好不容易等到今天我才吃到魚！」我仔細打量牠，這隻企鵝的確比我家的企鵝瘦多了。

「我那裡的情形剛好相反，不過也很糟糕。」旁邊的企鵝這麼說。

「我那個女主人很喜歡買東西，不管什麼都一股腦兒往冰箱裡塞。前幾天還糊里糊塗的把

拖鞋放進冰箱呢。」

「對啊，對啊。還有人把冰箱當成金庫，連錢都放進來了。真沒常識！」

「有些過期的食物也不趕快清掉，還放在冰箱裡。」

「還有，那些小孩子老是忘了關門。門一直開著，就算我們怎麼努力製造冷空氣，也還是會流失啊。」

哇伊哇伊嘎嘰嘎嘰……這些冰箱企鵝說個不

停。

「各位，大會報告。」嘹亮的聲音傳來，我回頭，看見舞臺正中央站著一隻繫著黑領結的企鵝在大聲宣布：

「大家最期待的冰箱慶祝大會的重頭戲——煙火表演——即將展開。請到後面的院子集合。」

「放煙火嘍！」

「要放煙火了！」

原本在吃東西、聊天、跳舞的企鵝，開始向門的方向移動。我也被推擠到走廊。

在長長的走廊上，我終於看到我家的企鵝。牠用一隻手，不，一隻翅膀拿著盤子，另一隻翅膀拿著杯子，搖搖晃晃的走過來。

「啊，好久不見。嗝——」

企鵝一邊說，一邊啾啾啾的笑著。看牠睡眼朦朧，走路歪歪倒倒的樣子，好滑稽喔。

「喏，喝一杯，喝一杯，這可是一年一度的

慶祝大會呢。」

企鵝遞給我一杯飲料。

「啊，這是什麼？啤酒嗎？」

「沒錯，嗝——你說說看，企鵝喝酒有什麼不對？」

真是拿牠沒辦法，一隻喝醉了的企鵝。

「你以為，嗝——人類可以喝到冰啤酒，是誰的功勞呢？那還不是因為有我們冰箱企鵝不分晝夜、辛苦工作的關係。可是，嗝——」

企鵝激動的擺動翅膀，把啤酒的泡沫都溢出來了。

「嗯，嗯，我知道。我很感謝你呀！好了，我們去看煙火吧！」

我推著走不穩的牠，隨著其他的企鵝往前走。

城堡的院子已經擠滿了企鵝。

「冰箱企鵝，萬歲！」

「萬歲！」

「冰箱慶祝大會，萬歲！」

「萬歲！」

這時傳來「咻——咻——」笛子般的聲音。

煙火升上天了，在我們頭頂上方啪的爆開。那是用冰塊做成的煙火，看起來閃閃發光，還有彩虹般的顏色。

咚——砰砰、砰砰！

「萬歲，萬歲！」

企鵝們拍打著翅膀，跳起企鵝舞，大家都開

心得不得了。

咚咚——砰砰砰！

我的臉上被冰冷的東西打到，原來是煙火的碎片化成細小的雪花冰，從空中落了下來。

雪花冰不斷的落下來，不一會兒便在地面越堆越厚，周遭跳舞的企鵝們，看起來顯得朦朦朧朧的。

我不禁用企鵝服的袖子揉揉眼睛。好睏喔！

我沒有喝酒，卻有喝醉的感覺，雙腳也站不太

穩。

啊，想起來了！我感冒發燒，不應該到這種地方來的。再不回家睡覺的話……

「嗨，各位，再見了。我們明年的冰箱慶祝大會再見！」

繫著黑領結的企鵝好像說了些什麼，但後來發生的事，我就不清楚了。

等我睜開眼睛時，天已經亮了，我好端端的睡在自己的床上。

不知怎麼，我覺得自己好像做了一個很奇怪的夢。

我仰躺著，呆呆的想，然後，把雙手從棉被裡伸出來看，當然了，我並沒有穿著企鵝服。

「小拓，你覺得怎麼樣？」

媽媽走過來，用手碰了碰我的額頭。

「啊，好像退燒了。」

媽媽這麼一說，我也覺得頭腦清醒多了，肚子好像也有點餓。我的感冒大概好了吧。

「太好了。不過，我現在正頭痛呢，冰箱故障了。」

「什麼？」

我慌張的坐起來。

「好了，今天還是好好休息吧。」

「媽，冰箱怎麼了？」

「我也不知道，現在根本不冷。好像從昨天

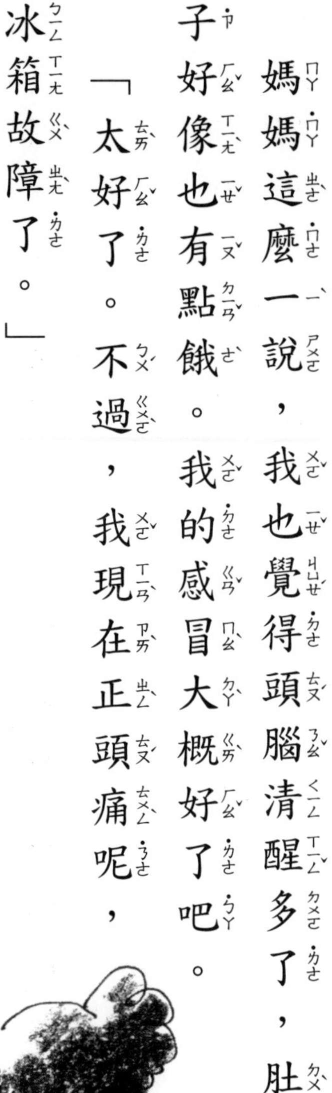

晚上就停止運轉了。我得趕快請人來修理，要不然麻煩就大了。」

媽媽匆匆忙忙的回到廚房。

怎麼回事？這冰箱還很新，怎麼會突然故障？

這時，我突然想起昨天晚上的冰箱慶祝大會！

那個傢伙喝太多啤酒，醉得不醒人事。一定是牠忘了轉動機器。

我趁著媽媽不在的時候，悄悄的走進廚房。

冰箱非常安靜。我打開冰箱門，裡面暗暗的，燈沒亮，也感覺不到一絲冷空氣。

「喂，企鵝，快起來！」

我把脖子伸進去，小聲叫牠。

沒有回音。

「這個給你喝喝看。」

我把爸爸偶爾喝的「專治喝太多、吃太多、宿醉」的藥，放進最上層架子的起司後面，然

後輕輕的關上門。

下午，「向日葵電器行」修理冰箱的叔叔終於來了。

他把冰箱後面的螺絲取下來，又用各種工具花很長的時間檢查。

「真是奇怪了，全都沒問題，應該會運轉才對啊！」

「照你這麼說，我們該怎麼辦？」媽媽聽了，很不高興的問。

「這臺冰箱是在你店裡買的，還用不到半年呢！總要幫忙維修吧。」

「是是，真對不起。那麼，我帶回去仔細檢查好了。」叔叔說完，就把冰箱搬走了。

放冰箱的位子一下子空了，我有種失落的感覺。

企鵝那傢伙沒事吧！那個藥有效嗎？希望不會被那個叔叔發現。

我一直掛心著這件事。

第二天。

我感冒好了，就去學校上課，放學回來時，

冰箱已經擺在廚房了。

看來是修好了。

「小拓，今天的點心有泡芙，就放在冰箱裡

喔！」媽媽用很愉快的口氣說。

我心上的石頭放了下來，但是手才碰到冰箱門，我就不禁大叫起來──

「啊！」不見了！金色的企鵝標籤不見了！這片門潔白又光滑。

「媽，怎麼了，這臺冰箱？」

「你說『怎麼了』是什麼意思？店裡的人不是幫我們修理了嗎？」媽媽說。

「因為冰箱還在保固期限，他們就免費幫忙

修好了。」

「可是，那個企鵝標籤呢？」

「標籤？啊，你這麼一說……」

媽媽撫摸著光潔的門。

「奇怪，會不會是在修理的時候掉了？算了，無所謂嘛。有沒有標籤都一樣。」

沒有標籤！是不是就表示這臺冰箱已經不是企鵝的家了？

「一點也不好。沒有企鵝標籤，就只是一臺

普通的冰箱而已！」

我小小聲的說，媽媽當然聽不到。

在那之後，我就沒有再見過企鵝了。

在那之後，冰箱不再故障，魚或冰淇淋也不會忽然不見。我想企鵝可能搬到別的冰箱去了吧。我稍微安心了點，但又覺得很可惜。

有時候我會打開冰箱，想要找企鵝。媽媽看到了，就會罵：

「小拓，你沒事不要打開冰箱。」

我用金色的筆在紙上畫了一個企鵝的標籤，我盡量畫好看一點，然後貼在冰箱門上。直到現在標籤都還貼著。我想，也許有一天那隻企鵝會出現吧！

「真是的，我花了不少心思呢！」我邊看著標籤邊嘀咕著。

我也盡量不去想冰箱故障是因為企鵝喝醉酒造成的。跟一年故障一次、利用電力來運轉的普通冰箱比起來，住著企鵝的冰箱實在有趣多

了。你不覺得嗎？說不定，你家的冰箱上也貼有金色的企鵝標籤喲！

如果有的話——而且冰箱裡的東西偶爾也會不見——就要小心喔，那一定是因為冰箱裡住著冰箱企鵝的緣故。

後記

竹下文子

我小時候，冰箱的門上都有個指示燈，用來顯示冰箱正在運作。我家的指示燈是四方形、紫色的。每當我墊起腳尖，貼近那個燈看，總覺得在那有如紫色花瓶般的圖案深處，有個很奇妙的、模糊的影像，好像看得到什麼，又好像什麼也沒有。我和弟弟兩個人常常在那兒偷看。

夜裡看著黑暗的廚房，紫色的燈總是安安靜靜的亮著，雖然漂亮，我卻覺得有點可怕。後來，那臺冰箱常常在深夜發出「噗噗」或是「空隆空隆」的聲音，我就會想，白色的冰箱門或許正是通往另一個世界的入口。

冰箱是很方便的家電，不論是大人小孩，每天都有很多機會去開開關關；連

剛學會走路的小娃娃都知道冰箱裡放著冰冰涼涼、美味的東西。不過，冰箱爲什麼會冷呢？有人能夠告訴我嗎？

我們多少能夠理解烤麵包機之類的電器會發熱的原理，譬如在狹窄的電線裡一次要通過很多電，就像在揉麵糰一樣，揉一揉就會熱起來。（咦？不是這樣嗎？）但是，變冷的原理卻很不可思議。就算有人告訴我，我還是不太懂。也正因爲不懂，所以更能天馬行空的胡亂想。

對了！一定是在冰箱看不到的地方，住著一隻小小的企鵝，也正是那隻企鵝讓「變冷的機器」運轉的。

如果眞的是這樣，那就太好了。你是不是也這麼認爲呢？

國家圖書館出版品預行編目資料

冰箱裡的企鵝/竹下文子作；鈴木守繪；林文茜譯.--二版.--臺北市：台灣東方,
2020.10
面； 公分
ISBN 978-986-338-348-2 （平裝）

861.596 109011616

作者★竹下文子

1957年生於日本福岡縣，東京學藝大學畢業。主要作品有《我的家事貓》、《黑貓三五郎》系列等。目前和畫家丈夫住在靜岡縣伊豆。

繪者★鈴木守

1952年生於東京，東京藝術大學肄業。主要作品有《向前看、向旁看、向後看》、《變成怎樣？變成這樣》、《赫爾辛家的人們》、《蓋大廈的車子》等。

譯者★林文茜

日本國立兵庫教育大學碩士。曾任淡江大學等校兼任講師，現爲仁德護專應用外語科專任講師。譯有繪本《小泰的小小貓》、《把帽子還給我》。

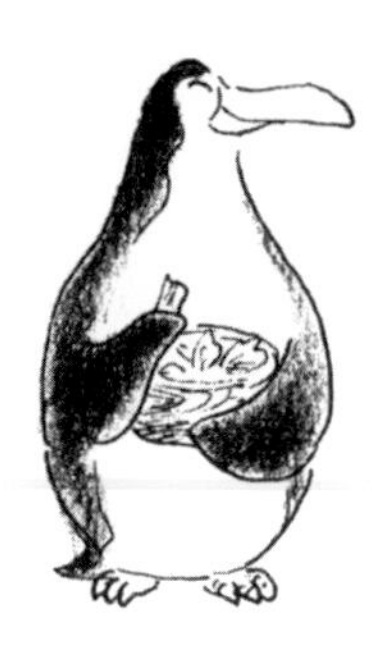

冰箱裡的企鵝

作者／竹下文子
繪者／鈴木守
譯者／林文茜
發行人／黃長發 副總經理／陳鳳鳴
企劃主編／張月鶯 資深編輯／江姿蓉
企劃編輯／劉雅涵 美術編輯／郭憶竹
行銷企劃／陳美伶、周子耀
業務經理／李連旺
出版／台灣東方出版社股份有限公司
地址／臺北市大同區
承德路二段81號12樓之2
電話／(02)2558-1117
傳真／(02)2558-2229
郵政帳號／0000002-6
登記證／局版台業字第0840號
二版／2020年10月
二刷／2021年04月
ISBN 978-986-338-348-2
定價／230元